세탁소

청춘문고

엄마 아빠의 딸로 태어나게 해주셔서 감사합니다.

세상에서 제일 존경하고 사랑합니다.

목차

반짝반짝 빛나는

모두가 집으로 돌아간 늦은 밤,
언제나 환하게 불이 켜져 있는
저기 저 세탁소.
엄마는 다림질을
아부지는 수선을 하다 돌아서
"딸, 왔어"
반겨주는.

언젠가 다 사라져도
언제나 내 마음속에
불을 밝히고 반겨줄 거야.
나, 왔다고.

배달

종만이 삼촌이 떠나고 오토바이 한 대도 팔았다. 이
제 아부지 오토바이만 남아 있다. 한동안은 그 자리
가 허전해 삼촌이 배달 간 것으로 착각하기도 했다.
부재란 그런 것이었다. 내내 괜찮다가도 불쑥 튀어
나오고 그러다 익숙해져버리는 무서운 것. 이제 그
자리가 비워지고 다른 무엇으로 채워진다고 생각하
면 벌써부터 좀 아프다. 오토바이 타고 아부지가 배
달을 가면 무사히 돌아오길 바라며 밖을 내다보던
어린 내가 아른거린다. 눈이 오거나 비가 오면 사람
들은 꼭 배달을 시켰다. 나는 미싱 앞에 앉아 아부
지를 지켰다. 내가 간절히 바라면 아부지는 꼭 돌아
왔으니까. 이 자리에. 세탁소는 그렇게 우리가 서로
를 지키고 돌아오는 곳이었다.

종만이 삼촌

피가 섞인 친삼촌은 아니었지만 나와 오빠에겐 삼촌이었다. 우리가 태어나기도 전부터 세탁소에 와서, 어릴 때 기억은 남아 있지 않지만 똥 기저귀도 갈아주고 유별나게 우리를 좋아해서 항상 데리고 다녔다는 이야기들. 몇 안 남은 흑백사진 속에서 우리를 안아 들고 잇몸 다 보이게 웃고 있는 삼촌 모습을 보면 어느 정도 알 것 같다.

엄마 아부지가 세탁소가 어느 정도 자리 잡았을 즈음 동네 중국집에서 점심을 먹다 주방에서 여러 사람에게 둘러싸여 맞고 있는 삼촌을 봤다. 아부지는 며칠 동안 그 모습이 머릿속에서 떠나지 않아 그 다음 날도 또 그 다음 날도 중국집에 가서 점심을 먹었다고 한다. 맞아서 퉁퉁 부은 얼굴로 그날도 옥상으로 끌려가는 삼촌을 붙들고 세탁소에서 일해 볼 생각이 없냐고 물으니 삼촌은 조금의 망설임 없 이 데려가달라고 오히려 아부지를 붙들더라고. 아 부지 어릴 때가 생각이 나서 삼촌을 꼭 데려오려고 중국집 사장에게 허락을 구하니 대뜸 돈을 요구했 다고 한다. 삼촌을 물건 팔듯 하는 사장이 괘씸했 지만 거기에 더 이상 삼촌을 두고 올 수는 없었다 고 한다.

나중에 알게 된 건데 삼촌은 그 당시에 고등학교를 졸업했을 정도로 유식했고 공부도 잘했다고 한다. 가끔 우리에게 영어를 가르쳐주기도 하고 자신이

읽은 책에 대해 이야기를 해주곤 했는데 그것만 봐도 삼촌은 정말 똑똑한 사람 같았다. 그런 삼촌이 왜 서울까지 올라와 중국집에서 맞아가며 일을 하고 있었는지 속사정까지 다 알 순 없었지만, 그 때문인지 삼촌은 점점 마음의 문을 닫으려는 사람처럼 행동했다.

우리가 초등학생 무렵의 삼촌은 보통 사람과 다를게 없었다. 엄마가 안 사주는 장난감도 대신 사다 주기도 하고 엄마 아부지가 자리를 비웠을 땐 대신해서 우리 밥을 챙겨주던 자상한 삼촌이었다.
언젠가부터 삼촌은 밥을 두 공기씩 먹으면서도 반찬에는 손을 대지 않았고, 혹시 입에 맞지 않나 싶어 엄마는 이것저것 매일 다른 반찬을 해놓았지만 계속 밥만 먹었다. 사람들은 그런 삼촌을 이상하게 보기 시작했다. 어느 날은 손님이 와도, 우리가 물어도 입을 꾹 다물고 있어 손님들의 항의를 받기도 했고 좀 거친 남자 손님들은 삼촌에게 욕을 하거나 멱살을 잡는 일도 있었다. 그러다가도 어느 날은 기분이 좋아 지나가는 사람들에게도 말을 붙이기도 하고 손님들에게 과한 친절을 보여 도리어 여자 손님들은 그냥 가버리는 경우도 있었다. 배달 나간 삼촌이 밤이 되어도 돌아오지 않아 오토바이 사고는 아닌지 경찰에 신고를 하는 날도 있었고 홀연히 사라졌다가 일주일 뒤에 돌아오는 일도 빈번해졌다. 이웃들은 내보내야 하는 거 아니냐며 오지랖

들을 떨었고 정신이 온전하지 못한 거 아니냐는 둥
이런저런 소문을 만들어내 쑥덕거리곤 했다.

걱정이 되었던 아부지는 어렵게 삼촌의 가족을 찾
아 연락을 했고 누나들이 서울로 올라와 삼촌이 그
동안 모은 통장을 챙겨 삼촌을 무작정 끌고 내려가
기도 했다. 좋은 신붓감이 있어 이제 고생 안 하고
결혼해 살 테니 찾지 말라는 거였다. 그때 우리는
인사도 못하고 삼촌을 뺏긴 기분이었고 그들은 우
리를 삼촌 데려다 일만 부려먹은 악덕 주인쯤으로
여긴 듯 보였다.

그렇게 일 년쯤 지났을까 말도 안 되는 행색으로

세탁소 주변을 맴돌던 삼촌을 데려왔는데 이미 빈 털터리가 되어 있었다. 결혼하고 한 달 만에 여자 쪽에서 삼촌이 정신병을 속이고 결혼했다며 이혼 소송을 했고 삼촌 재산의 대부분을 그 여자에게 뺏기고 맨몸으로 쫓겨 왔다는 것이다. 데려간 가족도 삼촌 결혼 비용이라며 남은 돈마저 가져가고 서울로 가라고 했다는 것이다. 나는 진짜 정신병은 그들에게 있다고 생각했다.

돌아온 삼촌은 한동안 웃기만 했고 한동안 밥만 두 공기를 먹었고 어느 날은 하루 종일 말을 하고 어느 날은 다시 입을 다물었다. 가끔 오빠에게 욕을 하기도 했는데 우리에게 그런 삼촌이 안타까울 뿐이지 미워하고 말고의 문제는 아니었다.

그래도 유일하게 삼촌이 주말마다 빼먹지 않고 가는 곳이 교회였는데 교회 사람들하고는 친하게 잘 지내는 것 같아 다행이라고 생각했다. 얼마 되지 않아 삼촌에게 전도사를 맡겼다길래 삼촌을 많이 생각해주는 것 같아 우린 감사하다고 음식도 사서 보내곤 했다. 그런데 알고 보니 삼촌이 전도사라는 이유로 매번 헌금이라며 일정 금액을 내도록 했다는데 그 금액이 절대 적지가 않았다. 그 외에도 교회에 일이 생기면 삼촌에게 헌금을 내게 했는데, 교회를 위한 일이라며 말은 참 그럴듯하게 했다. 그들 외에도 삼촌이 좀 모자라다고 생각해서 우리 모르게 이용해먹는 사람들이 한둘이 아니었다. 멀쩡한 핸드폰을 매번 가입시켜 바꾸게 한다던지, 술

은 먹지도 않는 삼촌을 불러내 친구 하자면서 술값
을 내게 하는 일, 그렇다고 매번 우리가 삼촌 뒤를
따라다니며 붙잡아둘 수도 없는 일이었다. 우리가
나서면 마치 삼촌을 뒤에서 조종한다는 식으로 말
하는 사람들이 있었다. 삼촌은 그렇게 사람들에 치
여 점점 더 숨고 입을 다물고, 더 이상 웃지도 않았
으며 창밖만 바라보는 시간이 많아졌다.

그나마 삼촌을 걱정해주던 여동생이 와서 삼촌을
데려가기로 했고 삼촌 역시 이번엔 스스로 가고 싶
다고 했다. 나와 오빠가 돈을 모아 사 온 새 옷을
입고 삼촌이 떠나던 날 삼촌은 흑백사진 속의 삼촌
얼굴로 환하게 웃어주며 잘 있어, 라고 인사했다.
우리는 울었고 삼촌은 웃어주었다. 생각해보면 우

린 가족이라고 생각했지만 삼촌은 우리 가족 안에서 외로웠을지도 모른다. 아무리 잘해주고 못해주고를 떠나서 진짜 가족은 아니었으니까.

지금도 삼촌을 생각하면 누군가에게 또 괴롭힘을 당하는 건 아닌지 또 혼자 어디를 헤매고 있는 건 아닌지 걱정된다. 외롭지 않았으면 좋겠고 이제 가족 곁에서 행복했으면 좋겠고 많이 웃었으면 좋겠고 밥은 반찬이랑 맛있게 잘 먹고 살 좀 쪘으면 좋겠고 좋은 친구도 생겼으면 좋겠고, 그뿐이다.

삼촌은 사람들이 기억하고 말하는 것처럼 좀 이상한 사람도 아니고 우리에겐 그저 삼촌, 종만이 삼촌이다.

이렇게 사적인 이야기를 길고 지루하게 적은 이유
는 나라도 삼촌을 기억해주고 싶어서다. 나 역시 더
나이가 들고 사는 게 바빠지면 진짜 가족이 아니었
던 이유로 삼촌을 잊고 살지 모른다. 진짜 가족도
잊히는 세상에서 내가 감히 안 잊는다고 장담할 순
없으니까. 이런 사람도 있었다는 그냥 그런 이야기
지만 한 가지 바람이 있다. 삼촌이 지금 어디선가
만나고 있고 만나게 될 사람들이 이렇게 사는 사람
도 있고 저렇게 사는 사람도 있다고 인정해주기를.

잘 살고 있으면 좋겠다.

생활의 달인

아부지의 주 종목이 수선이라면 엄마의 주 종목은 다림질이다. 양쪽의 두 다리미대가 높낮이가 다른 이유는 엄마의 작은 키에 맞춰 아부지가 한쪽은 내려준 것이다. 높은 쪽은 종만이 삼촌이, 낮은 쪽은 엄마가 늘 그 자리에서 드라이와 빨래를 마치고 쏟아져 나온 옷더미를 헤치고 있었다. 종만이 삼촌의 자리는 지금 오빠가 대신하고 있다. 어떤 이들은 '그깟 다림질' 하며 자기도 세탁소나 해볼까 하고 덤벼들었지만 이내 나가떨어졌다. 자기 옷 한 벌 다리는 거야 뭐 쉽겠지만, 많게는 수백 벌을 한복이냐 양복이냐 블라우스냐 니트냐 실크냐 각각의 천의 성질에 맞게 수없이 많은 것을 고려해야 한다. 다들 농담처럼 시작했으나 포기는 빨랐다. 나

역시 세탁소집 딸 삼십 년, 오빠 말대로 서당 개 삼 년이면 풍월이라도 읊어야 하는데 다림질의 다 자에도 못 갔다. 우리 집에서 유일하게 손재주 없어 그렇다고 우기며 나중에, 나중에 배우지 뭐, 하다가 이젠 좀 후회되기도 한다. 언제라도 내가 마음만 먹으면 다 기다려주는 줄 알았다. 참 어렸다. 엄마도 태어날 때부터 다림질 잘하는 재주가 있고 아부지도 저절로 수선 잘하는 재주가 생긴 것이 아니란 걸 빤히 알면서 그 앞에서 재주 탓이나 하고 있었다. 학생 때부터 가게 일을 도왔던 오빠가 이제 삼촌 자리를 대신해 어엿한 직원이 되었지만 어릴 때는 춤짱으로 유명했던 비보이였고 부모님을 돕자는 마음에서 시작했을 뿐 이 일이 오빠의 적성이 아니란 걸 잘 안다. 난 그저 못해, 못한다는 이유로 내가 하고 싶은, 내 적성이라 믿는 일만 해왔다. 지금도 이렇게 앉아 글밖에 쓸 수 없는 나는 내가 가장 좋아하는 일이라 믿고 응원해주는 엄마, 아부지, 오빠에게 그저 진심을 다해 쓰는 일밖에. 그들처럼 나도 이 종목에서 타고난 재주가 아닌 노력으로 베테랑이 되도록 죽을 힘을 다하는 수밖엔 없다.

미싱

빼곡히 나란히도 정렬된 색색의 실
숫자 희미해진 줄자 고불고불 꼬여
투박하게 생겨도 날선 공업용 가위 눈에 읽힐 때쯤
그의 인생도 저만치 얽히고설켜 눈 한번 딱 감아
잘라내고 다시 바늘구멍 사이 밀어 넣어 달래가며
때론 몇 인치 앞도 가늠할 수 없을 만치 희미한 시간을
굳은살 촘촘히 박인 손가락으로 더듬거려왔을 오랜 쇠 냄새
경상도 사나이 성나는 대로 잘라보려던 순간도
떨어져나간 천 쪼가리 이어 붙이고 싶을 간절한 순간도
다녀갔겠지
한 뼘 시야도 벗어나지 못하는 미싱대 한번 눈길 내주고보니
기름때 오래 닳은 세월 반짝이던 바늘구멍 사이
아버지와 눈을 맞추는 지금도

아부지 자리

딸로서, 붙박이처럼 미싱 앞에 앉아 하루 종일 꿰매고 뜯고 자르고 붙이고 고개를 들지 못하는 아부지 뒷모습을 보면 솔직히 이제 그만했으면 싶었다. 하란대로 수선한 옷을 들고 와 내 또래 여자애가 소리를 지르거나 예의 없는 아저씨가 시비를 걸어오거나 막무가내로 우기는 아줌마들을 볼 때마다, 나도 같이 소리 지르고 예의 없이 시비 걸고 우겨볼까? 하는 마음이 들었다. 이게 정상이라고 상대가 예의 없이 굴면 나도 예의 없이 굴고 아닌 건 아니다 말을 해야 하는 거라고, 우리가 죄인이냐고 뭘 잘못했냐고, 덮어놓고 고개 숙이고 사과하고 그러니까 만만하게 보고 무시하는 거라고, 손님이면 다냐고, 그럼 엄마 아부지는 언제나 손님이 다였다. 손님이 먼저였다. 그래도 우리가 저들 때문에 먹고사는 게 아니냐고, 장사는 다 그런 거라고, 그래도 너희들은 똑같은 마음으로 살면 안 된다고, 엄마 아부지가 참고 살면 그 복이 다 너희들한테 가는 거라고 그렇게 믿는다고. 그 믿음을 깰 수 없어 돌아서 울었던 어릴 적엔 그게 참 갑갑했는데 이제는 그런 손님들이 오면 불쌍한 마음이 먼저 든다. 오죽 사랑을 못 받고 컸으면 저럴까, 오죽 못나서 세탁소에서나 저렇게 큰소리칠까, 어디 가서도 인정을 못 받으니 여기 와서 대접받고 싶은가. 나는 다행스럽게 엄마 아부지에게 넘치는 사랑을 받고 자라 그 자부심만으로도 큰소리 안 치며 산다. 또 돈 몇 푼에 양심 팔고 살면 안 된다는 걸 똑똑히 보고 배웠다. 아부지가 묵묵히 지키고 있는 여기 이 자리는 그들을 위해서도 돈을 위해서도 아니다. 그 무엇으로도 대신할 수 없는 아부지라는 자리를 지키고 있을 뿐이란 걸 이제 너무 잘 알아서 그만 하란 소리도 못하고 돌아서 운다.

아부지 이야기

초등학교 졸업하고 무작정 돈 벌러 대구에서 서울로 올라온 아부지는 양복점에서 잔심부름하며 어깨 너머로 바느질을 배웠다고 한다.

월급은 호사였고 그나마 끼니나 챙겨주면 행복했다고. 사장이 무단으로 문을 닫는 날이면 아부지는 남의 집 담벼락 밑에서 밤을 지새워야 했다. 그 밤이 아부지 평생 가장 무서웠다고.

어느 날은 사장이 웬일로 짜장면 사 먹고 오라며 이백 원이나 쥐어줘 혹시 다시 빼앗을까 봐 숨도 안 쉬고 중국집으로 뛰어가 한 그릇 비우고 돌아오니 양복점은 텅텅 비어 있고 문은 굳게 잠겨 있더라고. 그래도 오시겠지 하며 며칠을 그 앞을 지

키다 아부지는 처음으로 울었다고 한다. 손에 남은
건 나중에 한꺼번에 준다던 월급 대신 짜장면 먹고
남은 잔돈 이십 원.

그때 맞아가면서도 이를 악물고 배운 수선기술 덕
분에 아부지는 자신의 이름으로 세탁소도 열고 엄
마를 만나 결혼도 하고, 우리는 그 배고픔을 모르
고 살았다.
이제 아부지 하면 바늘과 실처럼 미싱 앞에서 수선
하는 모습이 가장 먼저 떠올라 대단하면서도 대단
히 안타까운 감정이 든다.
사람들은 이제 먹고살 만한데 그만해도 되지 않냐
고 하지만 아부지는 그날 그 눈물 먹은 이십 원의

무게가 아직도 손에 남아 놓을 수가 없다고, 그 무게를 자식들에게는 지워주지 말자고 남은 생을 다시 이 악문다고.

어서오세요

이 문을 열고 손님이 온다. 이웃 아주머니가 과일
도 들고 오고, 반가운 친구가 빵을 사들고도 온다.
성내고 시비 거는 반갑지 않은 사람도 손님의 탈을
쓰고 오고, 낙엽을 쓸어 모으던 환경미화원 아저씨
도 이 문을 열고 들어와 엄마가 타주는 커피 한잔
을 나누는 곳, 세탁소다. 항상 이 문 너머에 웃을
일만 있고 좋은 일만 있었던 것은 아니다. 말 그대
로 지지고 볶는 일상이 이 문을 열고 들어서면 시
작되었다. 다 그렇게 사는 거라고, 오늘 많이 못 벌
면 내일 또 벌면 되고, 오늘 더 힘들었으면 내일은
좀 나을 거라고, 나는 뭐 좋기만 해서 웃을라고, 남
을 위해서가 아니라 내 자식들 위해 열심히 사는
거라고, 내가 시시하고 지루하게 여긴 하루하루를
엄마 아부지는 그렇게 열고 닫고 살았던 것이다.
너무도 열심히. 오늘도 무사히.

엄마의 기적

몇 년 전에 엄마가 쓰러졌었다. 어느 정도 아파서는 병원은커녕 약도 잘 먹지 않고 고집스럽게 버텼는데, 그런 엄마가 쓰러졌다. 팔에 힘이 없어 볼펜을 못 잡고 말이 어눌해지고 한쪽 다리를 알 듯 모르게 절었다는 걸 내가 들었을 땐 이미 삼 일이 지난 후였다. 익숙하게 늘 피곤했으니까 피곤해서겠지 엄마도 우리도 그렇게 믿고 싶었는지 모르겠다. 응급실에서 의사는 몇 가지 진단을 한 후 우리에게 돌아서며 "가족 맞으세요?" 물었다. 무슨 저런 무례한 질문을 하나 화가 났다. 엄마는 뇌경색이었다. 뇌경색은 보통 증상이 있고 골든타임인 세시간 안에 혈관을 뚫는 주사를 맞아야 한다고, 세시간은 커녕 삼 일이 다 지나도록 뭘 했냐며 환자를 방치

했다는 무서운 말을 의사는 무심히 내뱉었다. 무슨 말인지 도무지 알아들을 수가 없었다. 순진하게 뇌경색이 뭐예요? 그래서 지금 우리 엄마가 어떻게 된다는 거예요? 쉽게 좀 쉽게 얘기해주세요, 들리지도 않는 소리로 중얼거리는 사이 엄마는 검사를 받으러 갔고 입원실로 옮겨졌다. 의사가 설명을 들을 사람을 불러 내가 따라나섰다. 실은 그때 엄마 얼굴을 볼 수가 없었다. 정말 내가 엄마를 방치해둔 것 같아 도저히 그 안에 있을 수가 없었다. 눈을 감고 있는 엄마가 눈을 뜨지 않을까 봐 무서웠고, 내가 다녀오면 그전처럼 씩씩하게 일어나 있겠지, 의사 뒤를 따르며 내내 중얼거렸다. 의사 옆에 딱 붙어서 엄마의 뇌사진을 생전 처음 마주하며 한마디도 놓치지 않으려 눈물을 꾹 참고 집중했다.

가운데 보이시죠, 이게 신경이라는 거예요. 우리가
움직일 수 있는 게 이 운동신경 때문이라고 생각하
면 돼요. 현재 환자분의 사진을 보면 가운데가 다
른 부분이랑 다르게 검죠, 이게 다 신경이 죽은 자
리예요. 이미 죽은 신경은 살릴 수도 없고 수술을
할 수도 없어요. 재활을 통해 이 주변의 신경들이
죽은 신경을 대신해서 도와주게 할 수밖에 없어요.
아시겠죠?

아니요, 아니요,

무표정한 의사는 대답 없이 멍하게 서 있는 나를 올려다보며, 오늘이 고비예요 지켜봅시다. 이만. 하고 내 시야 밖으로 사라져버렸다. 우습게도 그 순간에 드라마의 한 장면이 떠올랐다. 내가 알고 듣던 고비란 건 드라마에서 누군가가 위독할 때 쓰는 말인데, 우리 엄마가 왜? 오늘이 지나면 어떻게 되는데? 지켜만 보면 되는 거야? 왜 아무것도 못하고 지켜보라는 거야? 왜 아무것도 모르고 아무것도 못한 거야 나는. 죽은 신경을 도와달라며 사투를 벌이고 있을 엄마를 혼자 싸우게 두고도 우리가 할 수 있는 건 우는 것밖에 없었다. 들어가서 뭐라고 설명을 했는지도 모르겠다. 그저 오늘이 고비라는 말만 되풀이하며 엄마 손을 잡았다. 창피하게도

가지 말라고 울었다. 뜬눈으로 날을 새우며 엄마가
어디 못 가게 엄마 얼굴에서 눈을 떼지 않았다. 지
켜보자는 말이 지켜주라는 말처럼 들렸으니까. 내
가 아플 때도 엄마는 늘 곁에서 지켜줬으니까. 그
럼 나는 곧 나았으니까.

다음 날 의사는 고비는 넘겼으나 앞으로 경과를
더 지켜봐야 한다고 했다. 나는 회사에 못 나간다
는 말과 얼마가 더 걸릴지도 몰라 나를 잘라도 어
쩔 수 없다고 통보를 하곤 전화를 꺼버렸다. 그리
고 아마도 처음으로 엄마에게만 집중했다. 간호하
는 사람이 자꾸 울면 안 된다는데 나는 하필 눈물
만 많아, 누군가 연락해 괜찮냐고 물어오면 참았던

게 다 터져버릴 것 같아 아무것도 하지 않기로 했
다. 지금은 내가 울며 어린애처럼 굴면 안 되니까,
엄마가 내게 의지할 수 있도록 든든하게 지켜줘야
한다고만 다그쳤다.

엄마의 오른손은 말을 듣지 않았고 나는 애써 웃으
며 언제 이런 거 해보겠냐며 엄마 밥숟가락에 반찬
을 올려 떠먹여주었다. 내 손도 떨리고 엄마 눈도
떨리고, 서로 감추려니 죽을 맛이었다. 나를 깨우
지 않고 스스로 화장실에 가려다 링거를 든 채 넘
어질 뻔도 했고, 스스로 먹겠다며 반찬으로 물들인
환자복을 몇 번 갈아입으면서도 엄마는 포기하지
않았고 나는 울지 않았다. 재활치료를 받는 곳에서

는 엄마보다 더 아픈 사람들이 마치 로봇처럼 다른
사람에 의지해 움직였고, 나는 그곳이 싫었다. 엄
마가 그곳에 있는 게 싫었다.

며칠 사이 의사도 놀랄 만큼 엄마의 회복은 빨랐
다. 부자연스럽기는 해도 반찬도 흘리지 않았고 혼
자 화장실도 갔고 복도에서 천천히 붙잡고 걸을 수
도 있었다. 재활 담당 의사는 뇌사진만 봐서는 마
비가 심할 거라 예상했는데 이 정도면 기적이라며
놀랐다. 엄마가 보통 가정주부처럼 집에만 있었다
면 이럴 수 없었을 거라고, 무리해서 일을 하는 건
좋지 않지만 그래도 그만큼 많이 움직였던 게 도움
이 된 것 같다고, 주변 신경과 근육이 죽은 신경의

몫까지 열심히 움직여주고 있는데 이건 다 환자의 의지라고도 했다. 그래도 더 이상의 무리는 안 된다며 뇌경색이 재발되면 그땐 기적 같은 건 없다고 했다. 내겐 지금의 기적보다 다시 없을 기적이란 말이 더 깊게 박혀 돌아왔다. 퇴원하고 집으로 온 엄마를 우리는 부담스러울 정도로 옆에서 지켰다. 늘 가게에서 다 같이 밥을 먹다 집에서 엄마와 단둘이 밥을 먹는데 그런 생각이 드는 거다. 어릴 적엔 친구네 집에 가면 친구 엄마가 밥도 해주고 간식도 만들어주고 그게 부러워 우리 엄마는 가게에만 있는 게 그렇게 싫었는데, 지금은 소원대로 엄마가 집에서 나를 기다려주고 같이 마주앉아 밥을 먹는데도 왜 이렇게 어색한 거지. 가게에서 단둘이 대충 끼니를 때

웠을 아부지와 오빠도 마찬가지겠지.

세탁소에 엄마가 없다는 것. 손님들마저도 이모를 찾고 아줌마를 찾고 사장님을 찾고, 엄마의 부재를 어색해했다. 가장 불편했던 건 엄마 자신이었다. 그동안 쉬지 못한 걸 몰아서 쉰다는 게 말처럼 쉬운 일은 아니었다. 엄마는 늘 일만 한 사람이라 노는 법도 모르고 여유 시간이 생기면 무얼 해야 할지도 몰랐다. 밥때가 되면 밥을 먹고 멍하니 앉아 텔레비전이나 보다 누웠다가 약을 챙겨 먹고, 그렇게 엄마는 말도 줄고 웃음도 줄고 가게에선 달고 살았던 간식도 입에 대지 않았다. 아플 때도 울지 않던 엄마가 멍하게 텔레비전 앞에서 우는 걸 봤다. 자신이

쓸모없는 사람이 된 것 같다고, 다시 일하고 싶다는 거다. 가게에 나가면 어쩔 수 없이 일을 하고 무리를 하게 될 거고 그럼 재발할 수도 있고 의사가 하지 말라지 않았냐고 제발 그냥 좀 쉬라고, 답답함을 참지 못하고 방으로 와 나도 울었다. 친구가 그러는 거다. 엄마 마음이 제일 중요한 거 아니냐고, 이렇게 좋아진 것도 엄마의 의지 아니었냐고, 걱정은 되지만 아직 일어나지도 않은 재발 때문에 엄마에게 아무것도 하지 말라면 그게 보호냐고. 어쩌면 난 나 때문이었는지도 모른다. 엄마를 아프게 한 게 내 잘못 같아서 병의 재발이 아니라 내가 무지해서 엄마를 또 아프게 할까 봐 지레 겁이 났던 것 같다. 다시 일어선 것도 엄마가 스스로 해낸 일이

었는데 엄마 스스로 다시 무너지게 하는 일은 없을
텐데 말이다. 결국 우리는 엄마에게 하고 싶은 대
로 하라고 했다. 엄만 처음엔 앉아만 있겠다고 약
속하고 가게에 나가선 결국 또 일을 하게 되었다.
하지만 엄마는 다시 간식도 즐겨 먹고 이웃 아줌마
랑 수다도 떨고 웃고 즐거워 보였다. 걱정해 물어
오는 사람들에게 아팠던 얘기보다 이렇게 일어났다
는 얘기를 자랑처럼 했다. 이젠 아팠다고 얘기하지
않으면 아무도 눈치 못 챌 만큼 엄마는 예전으로
돌아왔다. 우리에겐 다시 생각하기도 싫은 이 이야
기를 길게 쓴 이유는 단 하나, 잊지 않기 위해서다.

우린 다시 일상으로 돌아와 있고 여전히 서로를 사

랑하고 지켜주며 산다. 하지만 또 익숙해지다 보면 엄마는 일을 해야 힘이 나는 사람, 엄마는 아파도 스스로 일어나는 기적 같은 사람, 또다시 그때가 와도 일어날 수 있는 사람인 것처럼 기대하고 기적 같은 걸 바라고 살까 봐서다. 지금 생각하면 그때 그 의사의 무례했던 질문 말이다, 가족이 맞느냐는. 나는 엄마를 정말 사랑하니까 항상 엄마를 위하고 엄마를 걱정한다고 여겼던 그런 것들이 결국은 나를 위한 합리화는 아니었을까. 엄마의 뇌사진이 말해주는 것은 갑자기 찾아오는 병이 아니었다는 것, 점점이 검었던 자리가 조금씩 신경이 죽은 자리라는 것, 분명 어지럽거나 사레가 자주 걸리거나 작은 증상들이 오랫동안 있었다는 것이다. 엄마가 괜찮다면 괜찮은 줄 알았고, 바쁘고 피곤하니까 당연한 것처럼 여기며 매일을 사랑만 했지 매일 살펴보지 않았던 거다. 현실은 모르고 사랑이란 환상 같은 말만 할 줄 알았다. 진짜 내가 봐야 할 것들과 해야 할 말을 놓치며 지금 이렇게 후회만 늘어놓으면서 내가 사랑한 걸로 되었다고 쉽게 자신을 봐주고 있다.

사랑한 사람에 대한 얘기를 할 때, 나는 이만큼 그 사람을 사랑했고 이만큼 슬퍼했고 이만큼 기다렸다고 나 좋을 대로 써먹으며 스스로만 위로할 줄 알았다. 정작 그 사랑을 받았다는 사람은 전혀 다른 말들을 하고 전혀 다른 기억을 가지고 사는데. 언젠가부터 내가 준 사랑보단 내가 받았던 사랑을 쓰기 시작했다. 가족에게 받았던 사랑, 그에게 받았던 사랑은 내가 이렇게 쓸 수 있는 것, 그런 사랑이 없었다면 난 아마 단 한 자도 쓰지 못했을 거다. 표정 하나 말투 하나 사소한 것부터 많이 봐주고 말하고 들어주고 조금의 변화도 알아챌 만큼 몸에 배어버리는 것, 그게 사랑이고 기적을 만들어낼지도 모르니까.

내일은 뭐 해놓을까

엄마가 저녁에 항상 묻는 말,
내일은 뭐 해놓을까

그 말이 나는 너무 좋다
만날 들어서 익숙하지만
만날 들어도 질리지 않는 말,
유일할 것 같다 아마도

아무거나, 하다가도
문득 어느 날 엄마가 그 말을
까먹으면 나는 덜컥 겁이 난다

엄마가 항상 물어줄 수 없다는 걸
나도 안다 너무 싫다
엄마가 해주는 걸 항상 적는데도
나는 할 수 없다는 게 겁이 난다
아무거나 하나라도
까먹지 않으려고 적고만 있는데

내일은 내가 뭘 해줄 수 있을까,
엄마

엄마밥상

오늘의 저녁 메뉴는 김치수제비다. 이 밥상은 언제부터였는지 기억도 없는 걸 보면 우리와 오랜 세월을 함께했다. 세탁소가 없어지면 한번 바꿀 생각도 못했던 이 밥상도 그때서야 빠이빠이 하겠지. 예전엔 종만이 삼촌이랑 할머니까지 언제나 모두가 이 밥상에 둘러앉아 먹었다. 사실 비좁았음에도 그렇게 먹었던 게 지금 생각하면 더 맛있었던 것 같다. 지나가던 손님이 우리가 밥 먹는 걸 보고 들어와 자신은 자식들이랑 이렇게 다 같이 모여 밥 먹는 게 손에 꼽는다며 부럽다고 인사하고 간 적도 있다. 또 모 배우 매니저였던 한 총각이 하루 종일 밥 한 끼도 제대로 못 먹었다길래 마침 밥시간이라, 안 그래도 좁은 밥상에 끼어 먹고 가게 한 적도 있다. 자기는 엄마 밥 먹은 지 오래라고, 뭘 사 먹어도 이런 맛이 안 난다며 거의 울 것 같은 얼굴이었다. 사실 예전에 방이었던 이 자리가 우리에겐 익숙하지만, 지금은 사람들이 보기엔 바닥에서 밥상 펴고 먹는 모습이니 조금 당황해하는 손님들도 있다. 밥 먹다가도 손님이 오고 전화가 오면 왔다 갔다 하며, 옷을 내렸다 걸었다 정신없을 때도 많지만 난 여기 이 자리가, 이 밥상이 정말 좋다. 집에서는 넓은 식탁을 나 혼자 차지하고 편하게 먹을 수 있는데도 맛이 없다, 이 맛이 아니다. 이제 삼촌도 할머니도 없어 편하게 앉아 먹을 법도 한데 우린 여전히 좁게 붙어 앉아 먹는다. 습관일까, 아마도 몸에 배어 오래 이날을 찾아 먹을 것 같다.

맛

서글픈 일이다.

내가 이렇게 커서 이제 갖고 싶은 것도 더 많이 가질 수 있는데, 정작 돈 주고 살 수 없는 걸 잃고 빼앗기는 기분이다. 이걸 대가라고 해야 하나. 어릴 적에 살 수 없었던 장난감, 예쁜 옷, 구두, 가방을 이제 마음만 먹으면 가질 수 있는 대가로, 할머니가 끓여주던 꿀꿀이죽과 훗날 엄마가 끓여줄 김치찌개까지도. 모르는 사람들은 세상에 널린 게 음식이고 돈만 있으면 사 먹을 수 있다고 하지만 정말 그 맛을 모르는 사람들의 얘기다. 추억을 모르는 사람들 말이다. 그저 한 끼, 음식으로만 치면 그래 세상엔 너무 많은 음식이 있다. 그걸 다 추억하며 살기엔 바쁘고 피곤하니까, 다 의미를 붙이고 기억하며 살 수 없다는 걸 알고 있다. 하지만 세상에 단하나, 누구의 할머니 엄마가 아니라 나의 할머니 나의 엄마는 유일하다. 그 맛도 유일하니까 잊지 못하는 게 아니라 잊히지 않는 거다.

내가 커가는 만큼 잃어버린 그리움도 덩달아 커질 거라서 대체할 수 없는 이 맛을, 대책 없는 마음을 어떻게 감당하며 살아야 할까.

수선

줄이고 늘이고
사는 것도
얼마치를 지불해
되돌릴 수 있으면
얼마나 좋을까

꿀꿀이죽

할머니가 자주 끓여주던 꿀꿀이죽 생각이 날 때가 있다. 이름이 왜 꿀꿀이죽인지는 정확하게 알 수 없지만 할머니가 그렇게 불렀고 우리도 그렇게 따라 불렀다. 생긴 거는 멸치와 김치, 밥을 넣고 푹 끓인 죽 같은데 다른 게 있다면 할머니만의 손맛이 들어 있었다는 것. 죽 집에 가면 김치죽을 얼마든지 사 먹을 수 있고 맛도 뭐 크게 다르진 않지만 분명 다른 무언가가 있는데 그것 또한 정확하게 설명할 순 없는, 그때 그 느낌 같은 거다.

나이를 먹으면서 그때 즐겨 듣던 노래, 자주 가던 식당, 이제 사라지고 없는 느낌은 고스란히 귀에 입에 남아 있는데, 더는 들을 수도 먹을 수도 없다는 것에 대한 대책 없는 그리움이 쏟아질 때가 있다. 그게 아니더라도 대체할 것들은 늘어나고 더 새로워지고 사는 데 지장도 없으며 딱히 불편한 것도 아닌데 그런 사실들이 불편하게 느껴질 때, 나는 꿀꿀이죽이 생각난다.

이제 더 이상 할머니가 끓여주는 할머니만의 꿀꿀이죽은 먹을 수 없다. 기억을 잃기 시작한 할머니는 지금 요양병원에 있다. 밥을 하기는커녕 이제 스스로 밥을 먹을 수조차 없고 방금 전 먹은 반찬이 뭐였는지도 잊어버리곤 한다. 아흔의 나이에도 할머니는 시장을 봐 와서 좋아하는 반찬을 몇 가지나 만들어 밥 한 공기는 거뜬히 비우곤 했는데 그렇게 건강

하던 할머니도 사라지는 기억 앞에선 속수무책으로 무너졌다. 조금만 천천히, 모든 게 모두가 조금만 천천히 가면 좋겠다.

그래서일까 요즘은 몇 정거장 전에 내려 걷는 게 좋다. 걷고 뛰는 걸 무척 싫어했는데 버스를 타면 금방 갈 거리도 내려서 걷다 보면 익숙한 듯 익숙하지 않은 풍경이 된다. 언제 사라져버린 것과 언제 다시 와 있는 것 곧 사라질 것에도 눈을 맞추는 시간들이 대책 없이 애틋할 때가 있다.

누구 하나는 기억해주면 좋겠어, 내가 대신 적어둘게. 꿀꿀이죽의 레시피는 없지만 내가 기억하는 할머니와 손맛이면 충분해.

밥

할머니가 조금씩 기억을 잃기 시작했다
밥 먹고 돌아서 배고프다 했고
세수하고 돌아서 다시 얼굴을 씻었다
새벽 세 시에 일어나 온 집 안 불을 켜고
이 방 저 방 들어가 자고 있는 얼굴을
가만히 들여다보곤 했다
닦는다는 게 그만 변기에도 사방 벽에도
똥칠을 하기 시작했고
오줌에 절은 팬티를 수건에 둘둘 말아
말리고 있었다
고집스럽게 기저귀는 치우라고 던져버리고
오늘도 몇 시간을 화장실 한 번 가지 않고
우두커니 앉아 마려운지 어쩐지 모른 척한다

할머니를 요양원에 모시기로 한 전날
오 형제는 마주 앉아 마지막 밥을 먹는다
할머니가 좋아하는 치킨을 세 마리 시켜서
설사한다 빼들어 놓던 치킨 다리를 오늘은
실컷 잡수라 쥐어주니 없는 살까지 발라
얼굴 가득 기름기가 흐른다
이 집 저 집 다니느니 거기 가 있으면 좋다는 큰아들은
엄마가 집에 와 있는 하루도 못 버틴다 했고
사는 게 힘들어 같이 나이 먹어가는 처지라던 딸은
눈에 넣어도 안 아플 손자 장난감 사줄 돈 있어도
엄마 좋아하는 치킨 한 마리 사들고 온 적 없었다
아무 것도 모르는 척,

며칠 전만 해도 못 들은 척하던 할머니가
내가 가는 곳이 멀더냐 묻는 것이
거기 가면 친구도 많고 돈은 많이 들지 않느냐
들릴 듯 말 듯한 목소리로 보고 싶으면 어쩌냐
묻어둔 말이 들릴 듯 말 듯해서
어쩌면 언제나 먹을 밥처럼 내버려두었다가
언젠가 배 속 허전해오면 부를 이름처럼
빈 공기 들여다보고 서성이겠지, 보고 싶으면
그래도 누구도 몰랐다 한다

세탁소집 딸

점심에 백화점 직원들 유니폼을 걷어다 작업해 저녁에는 배달을 했다. 그중에는 억 소리 나는 고객용 명품도 있었고 걸레로 쓰이는 면장갑 뭉치까지 있었다. 폐점 시간 안에 매장을 다 돌아야 했기 때문에 엄마는 자신의 몇 배나 되는 옷을 이고 지고 뛰어야 했다. 그 시간에 압구정 교통수단으론 두 발이 가장 빨랐으니까.

그렇게 엄마 어깨 내려앉는 줄도 모르고.

입구에선 경호원들이 엄마의 행색과 짐 가방을 훑고 고객들 쇼핑에 방해가 될지 모른다는 이유로 대기를 지시하기도 했다. 아직도 그 이유를 납득할

순 없지만 매장을 돌고 있는 엄마를 불러 주의와
경고를 주기 일쑤였고 그때마다 엄마는 미안하다고
했다.

여기서 백화점이나 그 직업 전체를 꼬집는 건 아니
다. 그들도 그들 일을 한 거라고, 그리고 그 위 또
그 위의 상사의 지시를 따랐을 뿐이라고.
사실 이건 엄마의 생각이지 나는 분하고 억울했다.
하지만 엄만 사람 미워하지 말라고, 다들 먹고살려
고 그런다며.
어린 나는 놀이 삼아 엄마를 따라 자주 백화점에
갔다. 엄마가 알고 있는 건 아마도 거기까지겠지만
나는 그 순간만큼은 엄마의 경호원으로 따라나선

거였다. 그 사람들과 맞서 싸울 힘은 없지만 째려보기라도 하고 모른 척 발이라도 밟아, 내가 할 수 있는 것을 해야 했다. 그런 말도 안 되는 상황에 엄마를 혼자 둘 수 없었다.

어느 날은 명품 매장에 어려 보이는 여자 직원 하나가 손님에게 끌려다니며 시달리다, 구석에서 옷 들고 기다리는 엄마 쪽으로 와 괜한 신경질을 부렸다. 어린 내가 봐도 말 같지 않은 트집을 잡으며 엄마를 몰아세웠다.
방금 전까지 고객에게 당한 자신이 엄마 앞에선 저도 고객이라는 일종의 선전포고 같았다. 결국 보다 못한 내가 울기 시작했다. 놀란 엄마는 세탁비 고

작 삼천 원을 못 주겠다는 여직원에게 앞으로 더 신경 쓴다는 말과 미안하다는 말을 하고 나를 데리고 나왔다.

아직도 그 장면은 생생한데, 고작 삼천 원에 양심을 팔아버린 그 여직원보다 엄마를 지키기 위해 그 순간에 내가 할 수 있는 일이 울어버리는 거 말고는 없었다는 게 더 분했다.

엄마가 왜 그런 사람들에게 미안해야 하는지, 그 여자는 왜 엄마에게 화를 내는지, 그 아저씨들은 왜 우리를 나쁜 짓이라도 한 것처럼 지켜보고 있는 건지.

집으로 걸어오는 길에 엄마는 뚝 그치라는 말 대신 아이스크림 사줄까? 물었고 안 먹겠다는데 세탁비 두 배 가격의 아이스크림 컵을 사 와 내 손에 쥐어 주고 다음부터는 따라오지 말라고, 미안하다고 했다. 또.

지금 와서 생각하면, 그때 고작 그런 사람들에게 미움이나 가지고 살았다면 그들과 다를 게 없는 사람으로 자랐을지도 모르겠다.
엄마는 그 사람들 무서워 참는 게 아니라고,
엄마라고 왜 분하지 않고 창피한 게 없었겠냐며,
부모가 열심히 떳떳하게 살아야 자식들도 보고 배운 대로 사는 거라고, 너희들은 남한테 상처 주고 살지 말라고 그뿐이라고.

그뿐이라서 나와 오빠는 대단히 자랑할 거리는 없

어도 함부로 살지도 못했다.

나와 오빠는 엄마가 지켜온 꿈이라서.

꿈에 대하여

대학교 시절 과제로 인터뷰를 하게 되었는데 나는 꿈을 주제로 삼고 엄마를 주인공으로 정했다. 그때 과제를 핑계로 산 녹음기도 켜놓고 세탁소에서 엄마와 마주 앉아 인터뷰를 시작했다.

"엄마는 꿈이 뭐였어?"
첫 번째 질문이었다.

"엄마는 그저 너희들 건강하고 행복하게 잘 사는 거지 뭐."

"아니 그런 거 말고 엄마도 나처럼 젊었을 때 꿈 같은 거 말해보라고."

"엄마는 돈 많이 벌어서 너희들은 엄마처럼 힘들게 살지 말라고 너희들……"

녹음기를 끈 나는 엄마의 말을 끊고 조금 신경질적으로 엄마는 꿈의 뜻도 모르냐고 했던 거 같은데 그때 멋쩍게 웃던 엄마의 표정을 아직도 잊을 수 없다. 그땐 같은 여자로서도 딸로서도 엄마의 꿈이 오로지 우리였다는 게 왜 그렇게 속상하고 화가 났는지 모르겠다.

어쩌면 나는 그때 꿈이라는 것을 뭐 대단하고 화려하게 걸어놓고 감상할 수 있는 그림쯤으로 생각했을지도 모르겠다. 환상 같은 어쩌면 허상 같은 거.

언젠가 나를 대단한 사람으로 만들어줄 거라 믿으며 남들에게 그럴듯하게 말하기 좋은 걸 꿈으로 삼았는지도 모르겠다. 흔히 어릴 때 장래희망에 적었던 외교관, 디자이너, 화가, 대통령 등등 너무 많아서 다 기억에도 없는, 그 직업으로 인해 내가 빛날 양을 어린 내가 뭘 안다고 재고 따지고 고민하며 적었던 것 같다. 짝꿍보다 더 멋진 것으로.
엄마가 자식을 위해 꾸는 꿈은 뭔가 빤한 것처럼 여기며 그때도 장래희망에 엄마를 적는 아이는 없었으니까.

엄마도 나처럼 다른 꿈을 꿨다면 좋았을 걸 싶으면서도 엄마가 만약에 다른 꿈을 위해 우리를 두 번

째로 제쳐두었다면 하고 생각해보면 또 그것만큼
두려운 것도 없다. 이렇게 이기적인 나를 위해 지
켜온 엄마의 꿈은 감히 장래희망 란에 아무렇게나
쓰일 수 없는 존재라는 걸 하루에 열두 번도 더 깨
닫는 지금이 실은 더 속상하고 화가 난다.

나는 작가가 되고 싶어 작가가 되었지만 지금 내가
꾸는 꿈은 그때의 작가와는 의미가 조금 다르다.
유명한 출판사에서 인세를 받는 베스트셀러 작가,
문인들이 인정해주는 문인이 되는 것이 스스로 그
려 걸어놓은 보기 좋은 그림이었다면 지금은 내가
행복한 글을 사람들 가까이에서 쓰고 있다. 유명해
지지 않아도 많은 사람이 봐주지 않아도 문학적으

로 대단한 가치가 있거나 인정받지 못해도 내 글을
읽고 가까이에서 좋아요! 말해주는 누군가가 있다
면 됐다. 누가 시키지 않아도 그 자리에서 글을 쓰
는 내 모습이 나는 좋다.

엄마는 행복하다고 했다. 행복해하는 우리를 보면
엄마의 꿈을 이룬 것 같다며. 행복이 뭐 별거냐고
꿈이 뭐 별거냐고.
나는 이제 여자로서 딸로서 엄마의 꿈을 존경한다.
엄마를 가족을 위해 희생만 한 불쌍한 사람이 아니
라 꿈을 이룬 행복한 사람으로 쓰고 싶다.

바라만 보는 것보다 내 가까이에서 이루어지고 있

는 일들이 꿈같은 날들임을 쓰고 있는 나는 오늘도
행복하다. 매일 꿈을 이루고 사니까. 엄마처럼.

남매

오빠랑 나는 두 살 터울이다. 내가 중학교 1학년 때 오빠는 3학년이었고 학교에서 유명한 춤짱이었다. 덕분에 나를 건드리거나 괴롭히는 사람은 없었다. 나도 그렇게 남에게 맞고 다닐만진 않았지만 지금도 오빠는 자기 덕분이라고 말한다.

남 말하기 좋아하는 사람들은 부모는 저 고생을 하는데, 자식은 공부는 안 하고 불량한 애들과 춤이나 추러 다닌다며 오빠에게 날라리라고 멋대로 꼬리표를 붙였다.

부모님도 오빠가 춤추는 건 반대했는데 남의 말이 맞아서가 아니라 어디 하나 성한데 없이 다쳐 와,

온몸에 파스 냄새가 진동을 하는데도 춤 연습을 하기 때문이었다.

춤추러 다니면서도 세탁소가 바쁘면 와서 거들었고 담배나 술은 입에 대지도 않았다. 춤을 추러 몰려 다닌 건 맞지만 학교에 엄마가 불려가는 일 한 번 만들지 않았다.

오빠가 춤에 쏟는 열정은 지금도 우리가 우스갯소리로 공부에 쏟았으면 서울대도 갔을 거란 말을 할 정도였다.
유명한 사람 눈에 들어 비보이로 본격적으로 준비하는 과정에서 허리를 다쳐 그만두기까지, 오빠의 집념과 열정과 선택과 꿈은 어른들이 말하는 공부를 위해서만 있는 게 아니란 걸 말하고 있었다.
오빠는 파스 하나에 의지하며 춤을 출 때도 아파서 인상을 쓰기보다 즐거워 보였고 즐기고 있었고 뜨거웠던 것 같다.

땀으로 범벅이 된 얼굴과 티셔츠엔 오빠가 노력한 자국이 그대로 드러나 있었고 보는 사람들은 환호와 박수로 마치 보상이라도 해주는 듯 했다. 나는 오빠가 멋있고 자랑스러우면서도 얼마나 아플까 싶어 대신 인상을 써야만 했다.

누구 집 아들처럼 누구 집 딸처럼 공부를 잘해 좋은

대학을 가거나 떵떵거리는 집에 시집장가를 잘 가든
가. 자기 자식도 원하는 대로 못 하면서 남의 자식
에게 드러내는 잣대는 참 무식하게 과감한데 쓸데는
없다.

부모님은 우리에게 남에게 해가 되지 않는 내에서
하고 싶은 일을 하라고 했다. 우리가 무언가 선택을
했을 때 왜라고 묻지 않았고 안 된다고 하지 않았
다. 그건 우리의 몫이라는 거다. 누군가는 방관이라
고 말하기 쉬운데 그러기엔 우린 너무 많은 사랑을
받고 있었고 누구보다 서로를 가장 믿고 있었다.
오빠가 내게 보여준 열정으로 나는 지금 이렇게 오
빠에 대해 열정을 다해 쓸 수 있는지 모르겠다. 나

의 오빠로 있어줘서, 학창 시절에도 지금도 부모님 다음으로 내 울타리가 되어줘서 고맙다.

우린 어떤 오빠 어떤 동생이라서가 아니라 오빠 동생이니까 사이가 좋을 뿐이고 그 사이를 만들어준 부모님께 감사하다.

끼니

할머니 배가 사라졌다
이제 밥은 조금씩 세끼를
챙겨 먹는다고 했다
한참을 바라보다 꺼낸
"막내아들,
여긴 며느리
손자,
누군교?"
이내 아픈 데는 없나 묻고
몰라보던 내 손을 잡아
"나는 괜찮다, 잘 있다"
묻지도 않은 말을 외운 듯 해
"사느라꼬 애묵는다,
우애 왔노, 우애 왔노"

금세 놓친 손을 잡고
"애들은 마이 컸나,
잘 노나?"
물어보는 할머니 손잡아
애들 여 와 있다, 가리키는
아부지 따라 끄덕이며
"손자, 손녀, 손자, 손녀"
불러 눈 맞춘다
이제 잊어버리지 않으려는 듯
삼십 분째 처음으로 돌아와
같은 인사를 하고 손을 잡고
이 시간이 끝나지 않을 것처럼
또 온다고 했다

여자의 일생

엄마가 내 빨간 손톱을 빤히 보더니
엄마도 칠해줘 한다 웬일인가 했다
조금 긴 연휴로 세탁소도 닫았으니
며칠만 칠했다 금방 지워야지 하며
왜 그냥 두면 어때서

고르지 못한 손톱에
자꾸 덧대어 바르니
괜찮다 남의 옷에 묻을까 이내
지워야 한다며 대충 해라 웃는다
나 때문에 남 때문에 포기하고

내 손톱 상하지 않게 곱게 키워
망가진 엄마 손톱 들여다보면서
사라지지 말고 있어
그마저도 염치없어
언제나 말뿐인 나를 채워주는 건
여자가 사라진 엄마의 손톱이다

외할미꽃

충청도 삼박골 홀로 초가집에

'서울에는 차가 많재? 아그들 잘 챙겨라아
암만 일이 바뻐도 아그들 잘 챙겨어'

시골 냄새 외할미 냄새
홀로 애가 탄 냄새
홀로 밥상 채로 쓰러졌다

충청도 삼박골 홀로 초가집터에
타는 엄마 가슴에 안겨 울었지
시골 냄새 다 그렇지
외할미 냄새 귀한 냄새
한번 안아보자 할 때 안겨줄걸

외할미 잠든 풀 천지 코를 박고
외할미 냄새 맡아보자
외할미 손 살금 내 발목 감싸 안아
'우리 아그 다리 아퍼어'
내가 왔다고 서운치도 않지
외할미꽃 천지사방이네

외할머니

내가 초등학교 이 학년 때, 난 세탁소 방에서 그림을 그리고 있었고 전화를 받으러 갔던 엄마는 울면서 들어왔다.

엄마는 급히 짐을 챙겨 충청도로 갔고 나는 외할머니가 돌아가셨다는 사실보다 엄마를 며칠간 못 볼거란 말에 울었던 기억이 있다.

충청도에는 명절에나 가끔씩 갔다. 그때만 해도 엄마 아부지는 먹고살기 바빴고 주말 없이 새벽까지 장사를 했기 때문에 시골 내려가는 일은 거의 없었다. 그래서 외할머니와는 크게 정들 시간도 없었다. 외할머니가 가장 따뜻한 아랫목에 나를 눕게 하면 나는 엄마 옆에서 잘 거라고 퉁명스럽게 말했

고, 친할머니와 다르게 시골 냄새가 난다며 코를 잡
았다. 재미없다고 서울 가자고 울면 혼내는 엄마를
오히려 나무라며 바지춤에 꼬깃꼬깃한 만 원짜리 몇
장 천 원짜리 몇 장을 들고 읍내 시장으로 나를 데
리고 가 장난감을 고르게 했던 일, 내가 기억하는
외할머니의 모습은 그게 다인 것 같다.

서울에 전화하는 날이면 앞뒤 없이 서울에는 차가
너무 많다며 아그들 잘 챙기라고 일만 하지 말고 아
그들 잘 챙기라는 말만 내내 하다 끊었다는 얘기들.

외할미꽃이란 시를 쓰면서, 이제 다 커버린 내가 여
전히 그때 모습으로 웃어주는 외할머니와 마주하면

서부터 나는 몹시 그리웠다. 솔직히 오로지 외할머니 한 사람에서 시작된 건 아니었을 거다. 어렸다기에는 너무 허무하게 아무것도 하지 못하고 많은 시간이 지났고, 이제 곁에서 외할머니 이야기를 들려줄 때면 슬퍼 보이는 엄마 때문에. 엄마에게도 엄마가 있었고 외할머니 덕분에 나는 지금 엄마 배를 베고 누워 있을 수 있고 그게 다 미안해서. 이제 외할머니 무덤에 잡풀이나 뽑으며 외할미 나왔어, 하고 그때 하지 못한 애교 섞인 인사를 하는 게 전부라서.

엄마도 엄마가 그립고 나도 엄마가 되면 엄마를 그리워할까 봐 그때 많이 후회할까 봐, 미안해서.

오지랖은 넣어두시죠

책은 그렇게 좋아하면서도 자기계발서에는 관심이 없다. 각자의 삶이 있고 그 삶엔 다 그럴 만한 의미가 있을 텐데, 성공이란 말 자체도 누군가가 이미 만들어놓은 것인데, 이렇게 살아야 성공한 삶이라고 가르치는 것 같아 누군가의 성공담이 나는 와닿지가 않을 뿐이다.

언젠가 세탁소에서 시비가 붙었는데 흥분한 여자는 우리에게 없는 것들이, 라고 했다 그 여자가 보고 배운 건 세탁소는 성공하지 못한 인생이고 가난의 상징 같은 거였나 보다. 그때 우리는 그 여자에 비해 별로 분하지도 흥분하지도 않았다. 세탁비 몇천 원에 목숨을 건 그 여자보단 우리가 가진 게 더 많아 보였으니까.

물론 손님 중 일부의 이야기다. 만족하지 못하는 삶을 사는 사람들이 남에게 인정받아야 하는 삶이 성공이라 믿는 게 위태로워 보일 때가 있다.

어떤 사람들은 세탁소 해서 이 정도면 성공했다고도 말하고 어떤 사람들은 천한 직업이라고 자기식대로 판단 내리기도 하는데, 어느 쪽도 그 사람들의 생각일 뿐이지 우리는 동요하지 않는다. 각자의 자리에서 주어진 일을 할 뿐이다. 떳떳하게 벌어 떳떳하게 쓰고 남에게 피해 주지 않는 선에서 하고 싶은 대로 하며 살고 있다.

'나는 이렇게 살아' 까지만, 너도 나처럼 부터가 오

지랞이다. 성공이든 사람이든 사랑이든 정해진 답이 있는 것처럼 원래 그런 게 있는 것처럼 옮겨다줄 필요 없으니 그냥 너로 살라고 너나 잘 살라고.

외상

오늘도 아침부터 외상, 점심 저녁 시도 때도 없이 외상이다. 당당하고 거침없이. 그나마 죄송하지만 이라고 말하는 사람은 양반이고 손가락만 까딱 하고 가는 사람들을 보면 어쩌라는 건지 참 천박하다. 백화점이나 매장에는 당연하게 돈을 들고 가서 계산하고 물건을 가지고 나오면서 세탁소에서는 세탁물을 찾아가면서 있으면 주고 없으면 말고 식이다. 오래돼서 잊으셨나 외상값 얘기를 꺼낼라치면 오히려 화를 내며 내가 언제 안 줬냐고, 왜 닦달하냐는 사람들의 셈 법은 정말이지 풀 수 없는 미스테리다. 죽고 사는 문제도 아닌데 외상은 할 수도 있다. 기분이 나쁜 건 엄마와 아부지 오빠의 수고와 대가를 자기 마음대로 허락하고 말겠다는 심사

다. 주고 싶을 때 줄 것이니 잠자코 기다리라는, 언젠가 주기만 하면 되지 떼먹진 않는다는 사람들은 자신의 수고가 그런 식으로 매도당해도 잠자코 기다릴 수 있을지 궁금하다. 세탁소가 아니라 어디에서 무슨 일을 하더라도 입장이 바뀌어 내가 될 수도 있고 내 가족이 될 수도 있다. 각자의 자리에서 자신의 몫을 다한 그 수고와 노고를 신이라도 자기 마음대로 결정할 순 없다. 수고하셨어요, 이 한마디에 죽고 사는 문제가 걸린 것도 아닌데 그렇게 어렵게 셈할 필요도 없는데.

쓰게 쓰고

언젠가 아침 만원버스에 구겨져 있는 사람들을 보고 나는 저렇게 살지 말아야지 했지만 지금 그 비슷하게 살고 있다. 저녁 시간 머리를 이리저리 박으며 자기 방인 것처럼 잠들어 있는 여자를 내려다보면서 아무리 피곤해도 저게 뭐야, 했지만 내가 지금 그러고 있다. 나는 구겨져 있고 피곤에 절어 잠들 수밖에 없다. 출퇴근 시간 단잠이 그 하루를 좌지우지할 만큼 중요한 것이 되었고 버스 한 대 놓치면 그 하루를 정말 구겨져 있어야 했기 때문이란 걸.

역시 사람은 겪어봐야 아는 것이다.

취업을 앞둔 한참 어린 후배가 해맑게 물었다.

"그렇게 똑같이 살면 지루하지 않아요? 글도 안 써질 거 같은데."

나는 해맑지는 못했고 피곤에 절어 답했다.

"그럼 너는 지금 글이 써지니?"

"아니요, 저는 이제 사회생활 시작하면 더 많이 경험하고 써야죠!"

"그럼 너는 똑같이 안 살거란 자신이 있는 거야, 아님 언제든 마음먹으면 글이 써진다고 믿는 거야?"

한참을 생각하던 후배는,

"…… 화났어요?"

"아니, 겪어보라고. 곧 시작될 너의 사회생활과 내가 시작한 사회생활이 부디 다르길 바란다. 아 그리고 나는 만날 타는 버스에서 글을 가장 많이 써. 치열할 정도로. 만원버스에 올라타보기도 전에 창문 넘어 보이는 한 컷으로 단정 짓지 마. 정작 버스 안은 매일 매일이 버라이어티야."

오지랖이었다. 나를 위한 대변이었나. 이런 게 싫어서 자기계발서도 안 읽는데 내가 나이 그거 좀 더 먹었다고 오버지 싶었지만 뭐 사실이니까. 실제로 내가 밖에서 보던 것과 안에서 겪는 것은 완전히 다른 것이었다.

저마다 다른 사연과 저마다 다른 목적지를 향해 같은 시간 같은 차에 올라타 있을 뿐, 따로 또 같이 갈 뿐 누구 하나 누구처럼 살기 위해 따라가고 있지 않다는 것. 그저 나를 위로하고자 하는 발악이나 감상쯤으로 여겨도 상관없다. 어차피 후배는 자기 삶을 알아서 잘 살 것이고 나는 내 삶을 잘 살아갈 것이다. 삶이라는 커다란 종이가 우리 앞에 놓인 것 말고는, 글을 쓴다며 같은 차를 타고 왔지만 똑같은 글을 쓰지 않을 거란 얘기다.

훗날 내가 어떤 모습으로 살고 어떤 직업을 가져도 글은 계속 써야지 했고, 지금 그렇게 산다. 여전히 대단한 인생을 살지도 대단한 글을 쓰고 있지도 않다. 하지만 출근길 버스에선 빈자리를 차지하기 위해 치열하게 싸우고 회사에선 구겨지지 않으려 또 치열하게 버티고 퇴근길 늘 보지만 오늘은 또 다른 창밖 하늘이 좋다며 메모장을 열어 쓰는 내가 가끔 지루해도 질리지 않아 좋다. 아무리 좋은 음식도 입에 달기 시작하면 질리는 법인데, 당장 달달한 글보다 지루하게 오래 쓰게 쓰고 싶다.

또 그렇게 살고.

미운 정 고운 정

옷을 좋아해 옷장 가득 채워놓고도 그 옷들이 지겨울 때가 있다. 내 옷이 아닌 남의 옷, 옷이라기보단 그저 세탁소의 일감.

한번은 자주 오던 단골 아줌마였는데 자신이 맡겨둔 수선을 새치기를 해서라도 먼저 해주지 않았다는 게 분한 건지 되도 않는 트집을 잡았다. 자신이 곱게 넣어 온 봉투 그대로 두었다는 게 첫 번째, 건드린 적 없는 봉투 속 옷에 털어버리면 그만인 실밥이 묻었다는 이유로 대뜸 이 옷이 명품이라 좋아 보여 꺼내 입어본 거 아니냐는 황당한 소리를 하기 시작했다. 처음엔 봉투째 손도 안 댄 게 화난다더니 이제는 옷을 꺼내 입어본 거 아니냐는 비논리를 큰소리로 감추려 애썼다. 무시하는 게 아니라 아줌마에겐 명품인지 모르겠지만 사실 세탁소엔 백화점에서 거래하는 수십만 원에서 수백만 원 하는, 정말 누가 들어도 알 만한 명품 브랜드 옷들이 많았다. 엄마에겐 그 옷들이 명품인지 뭔지는 관심 밖이다. 다만 그런 고급 천일수록 약해 다루기 까다롭다는 거 그만큼 부담을 가지고 긴장하고 작업해야 하는 일감에 불과한 것이다. 탐이 나 입었다고 우기기엔 그 옷은 너무 낡았고 브랜드도 알 수 없었다. 비싸고 싸고를 따지기 전에 아저씨 등산복처럼 생긴 그 옷을 어디에 입고 돌아다닐 수 있는지가 의문이었고, 가장 큰 의문은 도대체 이렇게까지 해야 하는 아줌마의 의도였다. 서로가 보는 앞에서 실밥을 떼어내니 이제 아줌마는 멀쩡해진 옷을 들고 고객을 대하는 자세로 다시 시작했다. 말문이 막히면 소리를 지르고 내가 고객이다! 이 소리만 반복하다 더 이상은 본인도 할 말이 없다는 걸 알았는지 마치 우리에게 봐줬다는 듯이 돌아갔다.

정말 이제 그만하면 싶었다. 세탁소만 아니면 엄마 아부지가 이런 모욕을 당하지 않아도 되는데 싶어서. 우리도 명품 그깟 거 사려면 얼마든지 살 수 있고 남의 거 탐할 만큼 부족하지도 않고 부족해도 탐하면서 살지 않았는데 세탁소를 한다는 이유로 이런 취급을 받는 게 싫었다. 이제 와 세탁소가 없어질지도 모른다고 생각하면 이곳이 엄마 아부지의 삶 그 자체였는데 그걸 빼고 말하는 건 내가 감히 그 삶을 부정하는 것밖에 되지 않는다는 걸 안다. 힘들게 했어도 지겹게 했어도 아프게 했어도 언제나 엄마 아부지가 다시 일어나는 이유도 세탁소였다. 가득 찬 옷들을 정리할 생각에 벌써 눈앞이 캄캄하다고 했다. 옷 때문이 아니라 그동안 그곳에서 쌓아온 두 사람의 세월을 정리하는 것처럼 여겨져서일지도 모른다. 물론 사람들은 다른 곳에서 다시 시작하거나 이제 편히 쉬라고도 하지만, 그게 꼭 틀린 말은 아니어도 시간이 필요했다. 앞만 보며 달려온 시간만큼의 시간을 보상받아야 가능한 일일지도 모른다. 이렇게 어려운 건데 우린 왜 그렇게 쉽게 끝을 말하고 살았는지 모르겠다. 옷 정리 하나만으로도 이렇게 많은 생각이 스쳐 가

는데 생각 없이 놓고 버린 것들을 주렁주렁 세탁소
에 매달린 일감을 올려다보며 생각해본다.

다짐

아부지는 아직도 일을 마치면 세탁소 부엌에 딸린 샤워기로 씻은 뒤 쪼그리고 앉아 자신의 빨래를 다 하고 집으로 돌아온다. 이제 다 큰 내가 들어가도 비좁아 잠깐 서 있기도 힘든 고 작은 공간에서 아부지는 하루의 마무리를 하는 것이다. 어릴 적엔 쥐가 많아 약을 놓으면 내가 밟는 게 더 많을 정도로 열악한 공간이었다. 집의 세탁기와 편안하게 씻을 수 있는 욕실을 두고 굳이 그렇게 하는 아부지의 고집 아닌 고집은 우리에게 미스터리로 남았다.

이제 조금은 알 것 같다. 아버지는 젊은 시절 오로지 돈을 벌기 위해, 가족을 위해 고생해서 이제는 식구가 다 쓰고도 남을 만큼 큰 집과 젊은 시절부

터 유일하게 좋아하고 욕심내던 자동차도 가질 수
있었다. 또 먹고 싶은 거, 사고 싶은 거 다 할 수 있
게 되었다. 하지만 편해지면 힘든 시절을 잊을까 자
신이 시작한 그 자리에서 불편하게 마음을 잡고 있
는지도 모른다는 것을.

아무리 내가 아부지의 딸이지만 다 공감할 수 없다
는 걸 안다. 내가 이해할 수 없는 것도 아부지는 해
야만 하는 게 있는 것이다. 아프고 힘든 게 싫어 이
제 그만 고생하라고 쉽게 말하지만 아부지가 살아
온 삶은 내가 감히 이해하고 타협할 수 있는 것이
아니란 걸 안다. 여전히 우리에게 보여주고 있는 모
습은 너희도 나처럼 힘들게 살아라가 아니라 열심

히 살라는 것임을 알고 있다. 자꾸 배운 게 없어 가르친 게 없다고 말하면 화를 내는 이유도 자식으로서 그냥 하는 말이 아니라 정말 배운 게 많기 때문이다. 한 번도 우리에게 이렇게 살아라 저렇게 살아라 강요한 적 없었고, 한자리에서 오랜 세월 자신의 할 일을 하며 보여준 모습 자체로 오빠와 내가 보고 바르게 자랄 수 있는 인성이 되었다.

세탁소 끝날 시간에 엄마랑 마주 앉아 아부지가 씻고 나올 동안 기다리면서 항상 생각한다. 그래, 내가 지금 편하게 누리고 있는 모든 게 당연한 게 아니라 아부지가 불편하게 살아온 삶의 연장선임을 잊지 말라고. 아부지처럼 살 자신도 없고 다 이해

할 수도 없지만 불편해도 부끄럽지 않게 살아야 한
다, 나는 아부지의 딸이니까.

자랑

내 통장에 잔고 삼천 원을 알게 된 후로
아부지는 틈틈이 자연스럽게 용돈을
챙겨주었다
곧 서른 못 나게 익어가는 딸내미의 잔고
삼천 원을 알게 된 것도 부러 그런 게
아니었다며 눈치만 보고
내 이름으로 된 적금통장을 만들어
꼬박꼬박 자신이 채워 넣는 아부지는
그런 사람이다 아부지는 그런 사람이다
하루 종일 미싱대에 앉아 해묵은 먼지 먹고
딸내미 점심 맛있는 거 시 먹으라 용돈 주고
하루 종일 남의 옷만 뜯고 붙이는 굳은 손으로
딸내미 저녁 맛있는 거 사 먹으라 용돈 주고

자신은 다 떼어주고 먹여주고 넣어주고
나는 아부지 거 다 받아먹고 챙겨두고 뭐가 당연해
잘나지도 못해 잘 하지도 못해 그런 나라도
아부지는 우리 딸내미 부르고 나는 우리 아부지 한다

할아버지 손칼국수

아부지 손잡고 와 먹은 시장통 손칼국수 단돈 천오백 원
할아버지 팔뚝만 한 홍두깨로 밀어 썰어 담아준 대접 한가득
꼬맹이 손가락만 하던 면발 여전해
변한 게 있다면 칼국수 삼천 원 차림표와 벽에 걸린 에어컨
할아버지 자리에 손자가 대신 몇 가지 늘어난 양념통뿐
단돈 삼천 원에 지켜온 그때 그 자리 훌쩍 커버린 꼬맹이
아부지 손은 못 잡고 나란히 앉아 먹으면서도 그 맛이 그립고
고마워 사라지지 않고 있어줘서 아부지와 내가 그날에 와 있어

손잡고

우리 집

어릴 적엔 이 문턱을 사이에 두고 안쪽은 방이었고, 밖은 가게였다. 문만 열면 엄마가 있고 아부지가 있었다. 지금은 이 작은 방에 할머니까지 다섯 식구가 어찌 살았나 싶지만 우린 아직 이 방을, 이 공간을 추억한다. 물론 엄마에게는 힘들었던 가난이었다. 천장에서는 물이 새고 바닥에 깔린 전기장판은 할머니와 우리가 누우면 꽉 찼다고 한다. 그 시절 방 옆에 딸린 부엌에선 돌아다니던 쥐와 눈을 맞추기 일쑤였다. 초등학교에 들어가면서부터 아파트에 사는 친구들이 부러웠고 나는 왜 친구들도 데려올 수 없는 이 방에 사느냐며 엄마를 아프게 하는 말도 했던 것 같다. 좋아하던 남자애가 지나가는 걸 보고는 쏜살같이 방으로 들어가 숨은 적도 있다. 어린 마음에 창피했던 게 지금은 더 창피하지만. 언제나 나를 놀리고 장난쳐서 울리는 오빠는 내겐 그때 가장 친한 친구였고 엄마 아부지 대신이었다. 손가락 빠는 버릇까지 닮아 이웃 할머니에게 바늘고문을 당한 뒤에야 고쳤고, 편식하는 것도 똑같아 잘 먹는 반찬 가지고 싸우고 안 먹는 반찬을 서로 양보하는 사이좋은 남매였다. 옛날 사진을 보면 오빠가 내 한복 치마를 뺏어 입고 나는 옆에서 서럽게 울고 있거나 오빠가 하는 포즈를 똑같이 따라하며 웃고 있다. 지금은 내 방만 한 작은 공간에 우리가 서로 부대끼며 채운 시간들이 가득해 벅찬데 이제는 방이 넓어진 만큼 더 허한 마음이 든다는 게 참 요상하다. 집이 생기고 내 방이 생기면서

106

부터 다 컸다고 방문을 닫아버리기 일쑤였는데, 이렇게 기억하지 않으면 깨닫지 못하는 것일수록 잘 남겨둬야 한다.

다음 이야기

색색의 실들처럼 세탁소에서 참 많은 일들이 있었고 내가 기억하기 이전부터 엄마와 아부지가 이어왔을 삶들이 때론 화려하게 때론 어둡게 켜켜이 쌓여 있다. 아주 단단하게.

그곳에서 더는 쌓을 수 없다고 해도, 헌옷도 새 옷처럼 만드는 그 손에서 언제나 변함없이 빛나고 있을 다음 이야기를 기대하며, 그 실들처럼 길게 이어나갈 것이다. 아주 오래도록.

한낮 폭염의 반전 같은 밤

오늘 서울의 한낮은 35도를 넘어선 폭염이었다. 세
탁소는 스팀과 보일러 기계 몇 대가 돌아가다 보
니 밖의 날씨보다 더 더운 찜통과도 같다. 대형 선
풍기가 돌아가지만 어느 순간부터는 보란 듯이 뜨
거운 바람이 되어 땀을 식혀주거나 시원함을 주는,
제 역할도 않고 의미 없이 돌아가고 있을 뿐이다.

밤이 되어 땀범벅으로 지친 엄마와 아부지는 찬물
로 폭염의 염분을 씻어내고 다음 날 할아버지 제
사 음식을 만들 재료를 사기 위해 차를 몰고 마트
로 출발했다. 우리 셋은. 시동을 거는 것과 동시에
자잘한 빗방울이 떨어지기 시작한다. 조금 열어둔
창문 사이로 한낮 폭염의 반전 같은 선선한 바람

에 굵어진 비까지 거들어 뚫고 들어와 하는 수 없이 창을 닫는다. 에어컨 바람보다 자연 바람이 좋은 나인데 말이다.

집으로 돌아오는 길에 아부지는 굳이 여러 번 급정지를 한다. 요즘은 부쩍 운전대를 잡으면 긴장을 많이 하곤 했는데 오늘도 그랬다. 조심해서 나쁠 건 없지만 젊은 시절 아니 얼마 전까지만 해도 운전에서만큼은 펄펄 날던 베테랑이었는데. 집 앞 경사가 심해 보통 주차보다 까다로운 게 사실이고 그래서 니는 운전해 와서도 주차할 땐 아부지가 대신 해주는 게 자연스러운 일이었다. 이제 아부지는 여러 번의 시도 끝에 겨우 주차에 성공하고 오늘은 여러 번의 시도에도 너무 멀찍이 떨어져 결국 집에 있던 오빠가 나와 대신 주차를 했다. 예전 같으면 자신이 한다고 고집 부리곤 했었는데 이제 안 되겠다 싶은지 말없이 운전석에서 내리는 아부지를 보는데 그게 왜 그렇게 짠한지, 주책이게 눈물 날 것 같아 집으로 먼저 들어왔다.

아부지는 힘에 부친 것이다. 세월 앞에 장사 없다는 말처럼 나이가 들고 세월에 자신의 유일한 취미이자 특기였던 운전까지, 하나씩 빼앗기고 있는 거라고 생각하니 내가 다 속상하고 화가 난다. 결국 아부지는 청춘을 젊음을 감각을 기억을 점점 더 잃어갈 것이다. 아부지뿐이 아니란 걸 안다. 나도 나이가 들고 점점 할 수 없는 게 더 많아질 거다. 누

구에게나 세월은 공평하다고 하지만 나는 아부지
딸이니까 내 아부지만 안타깝고 억울하고 속상해하
는 것뿐이다.

한낮 폭염은 징글맞게 사람 힘 빠지게 하더니 밤이
되니 언제 그랬냐는 듯 또 다른 얼굴로 바람과 비
를 달고 와주었다. 우리 인생에도 여름만 있는 건
아니고 여름이라고 폭염만 있는 것도 아니다. 그리
고 우리가 늘 예상하는 여름이란 계절은 무더운 게
자연스럽고 맞는 거지만 가끔 이상기온과 틀린 기
상예보처럼 반전을 가져다주기도 하니까. 어차피
여름이란 계설이 싫다고 여름을 빼고 살 수는 없
다. 그냥 그 계절에 맞게 살다 보면 반전 같은 밤의
소중함과 다음 계절의 기대감으로 지금 우리처럼

서로를 안타까워도 하고 너무 소중해서 슬퍼도 하
며 끈끈하게 사랑하며 살 수 있는 게 아닐까.

내게 항상 크기만 했던 아부지가, 내가 더 크고 있
는 것도 아닌데 자꾸 작아지는 아부지가 세월 앞에
지고 있는 게 아니라 억지로 세월을 이기려 욕심내
지 않을 뿐이라면, 내가 그 삶 속에 더 많은 반전을
만들어주고 사랑해줘야지.
이 밤, 주책이지 싶지만 이렇게 오로지 아부지를
생각할 수 있는 시간이 내게 온 것도 오늘 가장 큰
반전 같은 반가움이었음을 잊지 말고 적어둬야지.

아부지.
아부지.

이삿날

아부지는 이제 더는
쫓겨 다니지 않아
좋다고 했고

엄마는 더는 이제
쫓겨날 일은 없어
좋다고 했지만

시간에 쫓겨
영원한 것은
없더라고

새 옷 입어 좋지만
시간을 두고 와서
더는 돌아갈 수
없는 세탁소를 나는
한참 돌아봐야 했다

안녕 나의 세탁소

나도 너만 한 나이에
그 턱에 걸터앉아 오빠랑 놀다
지루하면 지나가는 동네 언니
삼촌 붙들고 사탕도 하나 얻고
엄마가 부르고 아빠가 부르면
돌아보면 익숙한 미싱 다리미
사이 파묻혀 마냥 좋은 시절이
있었어

나도 너만 했으면
나이 그만 먹었으면
아끼는 장난감을 끌어안고
쏜살같이 지나가는 널 붙들고

부르지도 않은 뒤를 돌아보면

있어줘 안녕히

마지막 인사
2016년 11월 30일

새벽에 할머니가 저희 곁을 떠났습니다 마지막을 지켜주지 못해 많이 미안합니다

요양병원으로 떠나던 새벽에도 방 안에 틀어박혀 울기만 하고 인사도 못했는데 오늘 새벽에도 인사도 못하고 할머니를 모시러 가는 아부지 걱정만 하며 훌쩍거립니다

오늘은 손님에게 웃어주는 것도 힘들고 멀쩡하다가도 눈물이 나서 눈만 크게 뜨고 벌게진 눈두덩만 솔직합니다

아프지 않고 가서 다행이다, 오래 사셨으니 편히 가실 기다, 누구나 다 겪는 일이란 이별이 처음이든 오래되든 위로된 적 없이 그냥 묻고 살 뿐 괜찮냐고 물으면 터지는 울음만 솔직합니다

아부지는 하나뿐인 엄마를 보내고 나는 그런 아부
지가 참아야 하는 앞으로의 시간들을 이렇게밖에
쓸 수 없어 많이 미안합니다
이별연습처럼 할머니랑 떨어져 있던 시간들이 조금
덤덤해지는데 위로가 되는 지금이 미안할 뿐 할머
니는 편히 가고 우리는 편치 않게 살 겁니다.
할머니랑 함께한 시간들이 연습해서 나아지는 그런
시간들이 아니길 바랍니다
많이 미안합니다 많은 시간 외롭지 않게 하고 마지
막을 외롭게 해서

화장

대기시간 한 시간
버스 줄 지어
죽음 앞에서도
순서를 기다려야
뜨거운 불 속으로
이제 들어가면

뜨거워요,
빨리 나오세요,
할머니

아들 딸 손자 손녀
오늘은 다 모여
할머니를 부르면

꼬박 사십 분이 흘러
우리 앞에 흰 뼛가루
한줌 재가 되어
인사할 마지막 시간

훨훨 날아
생전에 좋아했는데
굳은 다리 쭉 펴고
부지런히 돌아다니다

꼭 우리 곁으로 다시
돌아와요
할머니, 부르면
또 올게요

시절

낡았다고 다 버리는 게 아니다

작가의 말

감사합니다.

지금까지 여러 권의 시집과 산문집을 써냈지만 이번 책만큼은 더욱 사적이고 감정이 과했을 수 있고 타인에게는 어떻게 읽힐지 걱정입니다만. 글을 읽고 쓰는 사람으로서 최대한 감정을 빼고 건조하게 쓰고자 하는데 이번만큼은 제가 세상에서 제일 사랑하는 사람들의 이야기라 쓰는 와중에도 울고 다시 읽으면서도 울었습니다. 아마도 그때로 돌아간 것 같은 기분이 들어 더 그랬을 겁니다. 아직 행복한데 마치 이 책이 마지막처럼 느껴질 수 있지만 가장 행복할 때 이 책을 만들고 싶었습니다. 나중에, 나중에는 후회할 것 같아서. 우리 가족이 밥상에 둘러앉아 이 책에 대해 웃으며 애기할 수 있을 때 만들고 싶었습니다. 이제 글을 읽을 수 없을 할머니와 어디선가 잘 살고 있을 종만이 삼촌에게는 보여줄 수 없는 게 후회되니까. 곧 세탁소가 사라질 위기에 놓이고서야 마음먹었던 일을 시작하게 되었다는 게 서운하면서도 다행스럽습니다. 다시 시작할 수 있어서, 이렇게 책으로 남겨 두고두고 기억할 수 있어서.

사람이니까 서툴다고 생각합니다. 저 역시도 이렇게 글을 쓰면서 많이 반성도 하고 많이 다짐도 해 봅니다. 또 일상으로 돌아가면 도루묵이 될지도 모르나, 그래도 까먹으면 들춰볼 수 있게 이 책을 만들었습니다.

요즘처럼 시간 가는 게 무서울 때가 없습니다. 사
라져가는 것도요. 너무 오래 함께해서 영원할 것
만 같던 우리의 세탁소를 더 이상 볼 수 없게 된
다고 생각하니 새삼 더 내가 자란만큼 변하는 것
들이 어색하고 서운하고 어렵습니다. 매일 만나
고 이별하며 살면서도 어떻게 잘해야 하는지는 여
전히 모르겠습니다. 그래도 곁에 가족이 있고 사랑
하는 사람들이 있어 다행이고 감사합니다. 기적이
란 게 뭐 대단한 게 아니라 이런 것이라 생각합니
다. 오늘 같이 할 수 있는 것만으로도 눈물 나게 벅
차니까, 모두 오래 기억하면 좋겠습니다.

에필로그

여전히 나는 세탁소집 딸이다. 아부지는 오늘도 미싱 앞에 앉아 수선을 하고 엄마랑 오빠는 각자의 자리에서 다림질을 한다. 이사 오면서 드라이 기계와 건조기, 세탁기가 새것으로 바뀐 것 말고는 여전히 우리의 시간처럼 빠르게 돌아간다. 또 바뀐 것이 있다면 세탁소 공간을 나눠서 '커피수기'가 생겼다. '쓴 기록'이라는 뜻의 수기는 글 쓰는 내가 주인장이라는 말이다. 쓴 커피의 뜻도 있고 손님들이 궁금해하는 것처럼 주인장의 이름이 살짝 들어가 있기도 한 작은 테이크아웃 커피점이다. 우연히 퇴사를 하게 된 때 전 세탁소 옆 가게에 커피점이 들어왔고 그 인연으로 커피를 배우게 되었다. 그러고 보면 사는 건 참 알 수가 없다. 한 지붕 아래 오래된 유리 가게가 갑자기 떠나고 커피점이 들어와 새 이웃이 되었지만 우리가 갑자기 떠나게 될 줄 그때는 몰랐으니까. 그저 남 말하기 좋아하는 사람들은 새것이 들어와 헌것이 나가는 거라며 위로인 듯 했지만, 또 보기는 새것이 좋다고 건물이 훤해졌다며 그 정도 했으면 오래 해먹었다고 좀 쉬라고 위하는 척, 와닿지 않는 진심들을 전했다. 어차피 산다는 건 비워지고 채워지고 그렇게 끊임없이 반복되는 일상인 걸 안다. 부정하려는 게 아니라 쌓인 옷만큼 묵은 먼지만큼 오랜 세월을 단 한 장의 내용증명서로 쉽게 놓고 버리고 갈 수 없는 시간들을 우리에게도 정리할 시간이 필요했다. 엄마 아빠의 청춘, 오빠와 나의 어린 시절 그 곁을 지키던 할

머니와 마음을 나눈 가족이었던 종만이 삼촌, 그리
고 수없이 다녀간 손님들과 그 안에서 울고 웃었
던 기억들이 증명하는 삶. 같잖은 서류 쪼가리 하
나로 돈 몇 푼 손에 더 쥐려고 살아온 야비한 인생
은 절대로 알 수 없는 삶이다. 꼬마 때부터 엄마 따
라다녔는데 퇴근길에 제일 늦게까지 환하게 불 켜
고 있는 세탁소가 없어지면 이상할 것 같다고 말하
는, 이제 훌쩍 커버린 어느 청년의 말에 우린 아무
대꾸도 하지 못했지만 공감했다. 이미 그 마음은
충분히 서로가 안다. 우리만 알 수 있는 이야기, 지
어내 얘기할 수 없는 그 시간들을 같이 걸어왔으니
까. 이제 그 불빛이 없어도 조금 불편할 뿐, 스스로
걸을 수 있는 시간이 흘렀다는 것이 조금 서운할

뿐이다. 그때의 서운함은 또 지금의 감사함이 되었고, 그때 우리를 힘들게 했던 것이 결국 돌고 돌아 지금 우리에게 더 큰 힘이 되었다는 사실. 인연은 그렇게 서로가 서로에게 이어져, 나의 부모에게 받았다는 도움을 커피점 사장님은 내게 다시 돌려주고 있었다. 그때는 몰랐던 일들이 언제 어디서 어떻게 풀릴지는 신도 모를 것 같다. 우리에게 그 복이 갈 거라고 참고 바보같이 산다는 엄마와 아빠의 마음을 아직도 다 헤아릴 순 없고 참을 수 없을 때도 있지만 이번 일을 겪으면서 내가 참 행복한 아이구나 깨달았다. 그 복을 내가 다 받고 있었다. 알게 모르게.

살면서 문득문득 그런 생각이 들 때마다 내가 엄마

아빠의 딸이라서 감사하다. 여전히 글을 쓰고 쓴 커피를 내리고 돌아보면 아부지가 엄마가 오빠가 있다. 멀리 있지만 할머니도 종만이 삼촌도 우리와 함께한다. 잊지 않고 있으니까. 잊지 않고 안부를 묻고 그때의 얘기들을 나눌 수 있는 오랜 이웃이 있다. 이곳에서 다시 이웃을 만들고 시간을 나누고 얼굴을 붉히고 상처를 받고 또 열심히 살고 사랑을 하고 우는 일보단 웃는 일이 더 많은 오늘을 살고 있다. 우리는 그렇게 서로 다른 사람과 공간을 공 감하며 그저 사람 대 사람으로 인정하고 이해하며 나란히 봐주면 좋겠다. 직업에 귀천이 없는 게 아 니라 사람에게 그런 건 없다는 걸 그저 한줌 재가 되어 하늘로 날아간 할머니처럼 우리는 누구나 죽

고 누구나 그렇게 살 수도 있다. 영원할 것처럼 외
롭게 살지 않았으면. 감사합니다. 오늘도 세탁소는
환하게 불을 밝히고 사람을 반긴다. 그들의 고단
한 하루가 고스란히 남은 옷들을 세탁한다. 얼마짜
리 옷인지는 상관없이 얼마나 소중한 옷일까 공감
할 뿐이다. 굳은살 박인 아부지의 한 땀 엄마의 손
길이 닿는 셔츠 깃 바지 단 양복 소매 하나하나, 그
들이 하찮게 무시하고 더럽게 대하면 안 되는 이유
다, 자기 자신이니까.

박혜숙

열다섯 권의 책을 썼고 쓴 커피를 만든다. 삶은 정
말 모르겠다. 글 쓰는 걸 좋아해 작가가 되었고 커
피를 좋아해 커피수기 대표가 되었나. 그렇듯 단
순하게 좋아하며 살고 싶다. 나이 먹고도 사랑 타
령 하며 살고 쓰고.
poetby@icloud.com

세탁소

2018년 1월 5일 1판 1쇄 발행

지 은 이 박혜숙
공동기획 스토리지북앤필름 강영규
발 행 인 이상영
편 집 장 서상민
편 집 인 채지선, 한성옥
디 자 인 오윤하
마 케 팅 유가회
교정·교열 안덕회
펴 낸 곳 디자인이음
등 록 일 2009년 2월 4일:제300-2009-10호
주   소 서울시 종로구 효자동 62
전   화 02-723-2556
메   일 designeum@naver.com
blog.naver.com/designeum
instagram.com/design_eum